COLLECTION FOLIO

Albert Camus

Discours
de Suède

POSTFACE DE
CARL GUSTAV BJURSTRÖM

Gallimard

À M. LOUIS GERMAIN

DISCOURS
DU 10 DÉCEMBRE 1957

En recevant la distinction dont votre libre Académie a bien voulu m'honorer, ma gratitude était d'autant plus profonde que je mesurais à quel point cette récompense dépassait mes mérites personnels. Tout homme et, à plus forte raison, tout artiste, désire être reconnu. Je le désire aussi. Mais il ne m'a pas été possible d'apprendre votre décision sans comparer son retentissement à ce que je suis réellement. Comment un homme presque jeune, riche de ses seuls doutes et d'une œuvre encore en chantier, habitué à vivre dans la solitude du travail ou dans les retraites de l'amitié, n'aurait-il pas appris avec une sorte de panique un arrêt qui le portait d'un coup, seul et réduit à

lui-même, au centre d'une lumière crue ?
De quel cœur aussi pouvait-il recevoir cet
honneur à l'heure où, en Europe, d'autres
écrivains, parmi les plus grands, sont
réduits au silence, et dans le temps même
où sa terre natale connaît un malheur
incessant ?

J'ai connu ce désarroi et ce trouble inté-
rieur. Pour retrouver la paix, il m'a fallu,
en somme, me mettre en règle avec un
sort trop généreux. Et, puisque je ne pou-
vais m'égaler à lui en m'appuyant sur mes
seuls mérites, je n'ai rien trouvé d'autre
pour m'aider que ce qui m'a soutenu,
dans les circonstances les plus contraires,
tout au long de ma vie : l'idée que je me
fais de mon art et du rôle de l'écrivain.
Permettez seulement que, dans un sentiment de reconnaissance et d'amitié, je
vous dise, aussi simplement que je le
pourrai, quelle est cette idée.

Je ne puis vivre personnellement sans
mon art. Mais je n'ai jamais placé cet art
au-dessus de tout. S'il m'est nécessaire au
contraire, c'est qu'il ne se sépare de personne et me permet de vivre, tel que je

suis, au niveau de tous. L'art n'est pas à mes yeux une réjouissance solitaire. Il est un moyen d'émouvoir le plus grand nombre d'hommes en leur offrant une image privilégiée des souffrances et des joies communes. Il oblige donc l'artiste à ne pas s'isoler ; il le soumet à la vérité la plus humble et la plus universelle. Et celui qui, souvent, a choisi son destin d'artiste parce qu'il se sentait différent, apprend bien vite qu'il ne nourrira son art, et sa différence, qu'en avouant sa ressemblance avec tous. L'artiste se forge dans cet aller retour perpétuel de lui aux autres, à mi-chemin de la beauté dont il ne peut se passer et de la communauté à laquelle il ne peut s'arracher. C'est pourquoi les vrais artistes ne méprisent rien ; ils s'obligent à comprendre au lieu de juger. Et, s'ils ont un parti à prendre en ce monde, ce ne peut être que celui d'une société où, selon le grand mot de Nietzsche, ne régnera plus le juge, mais le créateur, qu'il soit travailleur ou intellectuel.

Le rôle de l'écrivain, du même coup, ne se sépare pas de devoirs difficiles. Par définition, il ne peut se mettre aujourd'hui au service de ceux qui font l'histoire : il est au service de ceux qui la subissent. Ou, sinon, le voici seul et privé de son art. Toutes les armées de la tyrannie avec leurs millions d'hommes ne l'enlèveront pas à la solitude, même et surtout s'il consent à prendre leur pas. Mais le silence d'un prisonnier inconnu, abandonné aux humiliations à l'autre bout du monde, suffit à retirer l'écrivain de l'exil, chaque fois, du moins, qu'il parvient, au milieu des privilèges de la liberté, à ne pas oublier ce silence et à le faire retentir par les moyens de l'art.

Aucun de nous n'est assez grand pour une pareille vocation. Mais, dans toutes les circonstances de sa vie, obscur ou provisoirement célèbre, jeté dans les fers de la tyrannie ou libre pour un temps de s'exprimer, l'écrivain peut retrouver le sentiment d'une communauté vivante qui le justifiera, à la seule condition qu'il accepte, autant qu'il peut, les deux charges qui font la grandeur de son métier : le service de la vérité et celui de la liberté.

Puisque sa vocation est de réunir le plus grand nombre d'hommes possible, elle ne peut s'accommoder du mensonge et de la servitude qui, là où ils règnent, font proliférer les solitudes. Quelles que soient nos infirmités personnelles, la noblesse de notre métier s'enracinera toujours dans deux engagements difficiles à maintenir : le refus de mentir sur ce que l'on sait et la résistance à l'oppression.

Pendant plus de vingt ans d'une histoire démentielle, perdu sans secours, comme tous les hommes de mon âge, dans les convulsions du temps, j'ai été soutenu ainsi par le sentiment obscur qu'écrire était aujourd'hui un honneur, parce que cet acte obligeait, et obligeait à ne pas écrire seulement. Il m'obligeait particulièrement à porter, tel que j'étais et selon mes forces, avec tous ceux qui vivaient la même histoire, le malheur et l'espérance que nous partagions. Ces hommes, nés au début de la première guerre mondiale, qui ont eu vingt ans au moment où s'installaient à la fois le pouvoir hitlérien et les premiers procès révolutionnaires, qui ont été confrontés ensuite, pour parfaire leur éducation, à la guerre d'Espagne, à la deuxième guerre mondiale, à l'univers concentrationnaire, à l'Europe de la torture et des prisons, doivent aujourd'hui élever leurs fils et leurs œuvres dans un monde menacé de destruction nucléaire. Personne, je suppose, ne peut leur demander d'être optimistes. Et je suis même d'avis que nous devons comprendre, sans cesser de lutter contre eux, l'erreur de ceux qui, par une surenchère de désespoir, ont revendiqué le droit au déshonneur, et se sont rués dans les nihilismes de l'époque. Mais il reste que la plupart d'entre nous, dans mon pays et en Europe, ont refusé ce nihilisme et se sont mis à la recherche d'une légitimité. Il leur a fallu se forger un art de vivre par temps de catastrophe, pour naître une seconde fois, et lutter ensuite, à visage découvert, contre l'instinct de mort à l'œuvre dans notre histoire.

Chaque génération, sans doute, se croit vouée à refaire le monde. La mienne sait pourtant qu'elle ne le refera pas. Mais sa tâche est peut-être plus grande. Elle consiste à empêcher que le monde se défasse. Héritière d'une histoire corrompue où se mêlent les révolutions déchues, les techniques devenues folles, les dieux morts et les idéologies exténuées, où de médiocres pouvoirs peuvent aujourd'hui tout détruire mais ne savent plus convaincre, où l'intelligence s'est abaissée jusqu'à se faire la servante de la haine et de l'oppression, cette génération a dû, en elle-même et autour d'elle, restaurer, à partir de ses seules négations, un peu de ce qui fait la dignité de vivre et de mourir. Devant un monde menacé de désintégration, où nos grands inquisiteurs risquent d'établir pour toujours les royaumes de la mort, elle sait qu'elle devrait, dans une sorte de course folle contre la montre, restaurer entre les nations une paix qui ne soit pas celle de la servitude, réconcilier à nouveau travail et culture, et refaire avec tous les hommes une arche d'alliance. Il n'est pas sûr qu'elle puisse jamais accomplir cette tâche immense, mais il est sûr que, partout dans le monde, elle tient

19

déjà son double pari de vérité et de liberté, et, à l'occasion, sait mourir sans haine pour lui. C'est elle qui mérite d'être saluée et encouragée partout où elle se trouve, et surtout là où elle se sacrifie. C'est sur elle, en tout cas, que, certain de votre accord profond, je voudrais reporter l'honneur que vous venez de me faire.

Du même coup, après avoir dit la noblesse du métier d'écrire, j'aurais remis l'écrivain à sa vraie place, n'ayant d'autres titres que ceux qu'il partage avec ses compagnons de lutte, vulnérable mais entêté, injuste et passionné de justice, construisant son œuvre sans honte ni orgueil à la vue de tous, toujours partagé entre la douleur et la beauté, et voué enfin à tirer de son être double les créations qu'il essaie obstinément d'édifier dans le mouvement destructeur de l'histoire. Qui, après cela, pourrait attendre de lui des solutions toutes faites et de belles morales ? La vérité est mystérieuse, fuyante, toujours à conquérir. La liberté est dangereuse, dure à vivre autant qu'exaltante. Nous devons marcher vers ces deux buts,

péniblement, mais résolument, certains
d'avance de nos défaillances sur un si long
chemin. Quel écrivain dès lors oserait,
dans la bonne conscience, se faire prê-
cheur de vertu ? Quant à moi, il me faut
dire une fois de plus que je ne suis rien de
tout cela. Je n'ai jamais pu renoncer à la
lumière, au bonheur d'être, à la vie libre
où j'ai grandi. Mais bien que cette nostal-
gie explique beaucoup de mes erreurs et
de mes fautes, elle m'a aidé sans doute à
mieux comprendre mon métier, elle
m'aide encore à me tenir, aveuglément,
auprès de tous ces hommes silencieux qui
ne supportent dans le monde la vie qui
leur est faite que par le souvenir ou le
retour de brefs et libres bonheurs.

Ramené ainsi à ce que je suis réellement, à mes limites, à mes dettes, comme
à ma foi difficile, je me sens plus libre de
vous montrer, pour finir, l'étendue et la
générosité de la distinction que vous
venez de m'accorder, plus libre de vous
dire aussi que je voudrais la recevoir
comme un hommage rendu à tous ceux
qui, partageant le même combat, n'en ont

reçu aucun privilège, mais ont connu au contraire malheur et persécution. Il me restera alors à vous en remercier, du fond du cœur, et à vous faire publiquement, en témoignage personnel de gratitude, la même et ancienne promesse de fidélité que chaque artiste vrai, chaque jour, se fait à lui-même, dans le silence.

CONFÉRENCE
DU 14 DÉCEMBRE 1957

Cette conférence, sous le titre L'ARTISTE ET SON TEMPS, *a été prononcée dans le grand amphithéâtre de l'Université d'Upsal.*

Un sage oriental demandait toujours, dans ses prières, que la divinité voulût bien lui épargner de vivre une époque intéressante. Comme nous ne sommes pas sages, la divinité ne nous a pas épargnés et nous vivons une époque intéressante. En tout cas, elle n'admet pas que nous puissions nous désintéresser d'elle. Les écrivains d'aujourd'hui savent cela. S'ils parlent, les voilà critiqués et attaqués. Si, devenus modestes, ils se taisent, on ne leur parlera plus que de leur silence, pour le leur reprocher bruyamment.

Au milieu de ce vacarme, l'écrivain ne peut plus espérer se tenir à l'écart pour poursuivre les réflexions et les images qui lui sont chères. Jusqu'à présent, et tant bien que mal, l'abstention a toujours été possible dans l'histoire. Celui qui n'approuvait pas, il pouvait souvent se taire, ou parler d'autre chose. Aujourd'hui, tout est changé, le silence même prend un sens redoutable. À partir du moment où l'abstention elle-même est considérée comme un choix, puni ou loué comme tel, l'artiste, qu'il le veuille ou non, est embarqué. Embarqué me paraît ici plus juste qu'engagé. Il ne s'agit pas en effet pour l'artiste d'un engagement volontaire, mais plutôt d'un service militaire obligatoire. Tout artiste aujourd'hui est embarqué dans la galère de son temps. Il doit s'y résigner, même s'il juge que cette galère sent le hareng, que les gardes-chiourme y sont vraiment trop nombreux et que, de surcroît, le cap est mal pris. Nous sommes en pleine mer. L'artiste, comme les autres, doit ramer à son tour, sans mourir, s'il le peut, c'est-à-dire en continuant de vivre et de créer.

À vrai dire, ce n'est pas facile et je comprends que les artistes regrettent leur ancien confort. Le changement est un peu brutal. Certes, il y a toujours eu dans le cirque de l'histoire le martyr et le lion. Le premier se soutenait de consolations éternelles, le second de nourriture historique bien saignante. Mais l'artiste jusqu'ici était sur les gradins. Il chantait pour rien, pour lui-même, ou, dans le meilleur des cas, pour encourager le martyr et distraire un peu le lion de son appétit. Maintenant, au contraire, l'artiste se trouve dans le cirque. Sa voix, forcément, n'est plus la même ; elle est beaucoup moins assurée.

On voit bien tout ce que l'art peut perdre à cette constante obligation. L'aisance d'abord, et cette divine liberté qui respire dans l'œuvre de Mozart. On comprend mieux l'air hagard et buté de nos œuvres d'art, leur front soucieux et leurs débâcles soudaines. On s'explique que nous ayons ainsi plus de journalistes que d'écrivains, plus de boy-scouts de la peinture que de Cézanne et qu'enfin la bibliothèque rose ou le roman noir aient pris la place de *La Guerre et la Paix* ou de *La Chartreuse de Parme*. Bien entendu, on peut toujours opposer à cet état de choses la lamentation humaniste, devenir ce que Stephan Trophimovitch, dans *Les Possédés*, veut être à toute force : le reproche incarné. On peut aussi avoir, comme ce personnage, des accès de tristesse civique. Mais cette tristesse ne change rien à la réalité. Il vaut mieux, selon moi, faire sa part à l'époque, puisqu'elle la réclame si fort, et reconnaître tranquillement que le temps des chers maîtres, des artistes à camélias et des génies montés sur fauteuil est terminé. Créer aujourd'hui, c'est créer dangereusement. Toute publication est un acte et cet acte expose aux passions d'un siècle qui ne pardonne rien. La question n'est donc pas de savoir si cela est ou n'est pas dommageable à l'art. La question, pour tous ceux qui ne peuvent vivre sans l'art et ce qu'il signifie, est seulement de savoir comment, parmi les polices de tant d'idéologies (que d'églises, quelle solitude !), l'étrange liberté de la création reste possible.

Il ne suffit pas de dire à cet égard que l'art est menacé par les puissances d'État. Dans ce cas, en effet, le problème serait simple : l'artiste se bat ou capitule. Le problème est plus complexe, plus mortel aussi, dès l'instant où l'on s'aperçoit que le combat se livre au-dedans de l'artiste lui-même. La haine de l'art dont notre société offre de si beaux exemples n'a tant d'efficacité, aujourd'hui, que parce qu'elle est entretenue par les artistes eux-mêmes. Le doute des artistes qui nous ont précédés touchait à leur propre talent. Celui des artistes d'aujourd'hui touche à la nécessité de leur art, donc à leur existence même. Racine en 1957 s'excuserait d'écrire *Bérénice* au lieu de combattre pour la défense de l'Édit de Nantes.

Cette mise en question de l'art par l'artiste a beaucoup de raisons, dont il ne faut retenir que les plus hautes. Elle s'explique, dans le meilleur des cas, par l'impression que peut avoir l'artiste contemporain de mentir ou de parler pour rien, s'il ne tient compte des misères de l'histoire. Ce qui caractérise notre temps, en effet, c'est l'irruption des masses et de leur condition misérable devant la sensibilité contemporaine. On sait qu'elles existent, alors qu'on avait tendance à l'oublier. Et si on le sait, ce n'est pas que les élites, artistiques ou autres, soient devenues meilleures, non, rassurons-nous, c'est que les masses sont devenues plus fortes et empêchent qu'on les oublie.

Il y a d'autres raisons encore, et quelques-unes moins nobles, à cette démission de l'artiste. Mais quelles que soient ces raisons, elles concourent au même but : décourager la création libre en s'attaquant à son principe essentiel, qui est la foi du créateur en lui-même. « L'obéissance d'un homme à son propre génie, a dit magnifiquement Emerson, c'est la foi par excellence. » Et un autre écrivain américain du XIXe siècle ajoutait : « Tant qu'un homme reste fidèle à lui-même, tout abonde dans son sens, gouvernement, société, le soleil même, la lune et les étoiles. » Ce prodigieux optimisme semble mort aujourd'hui. L'artiste, dans la plupart des cas, a honte de lui-même et de ses privilèges, s'il en a. Il doit répondre avant toute chose à la question qu'il se pose : l'art est-il un luxe mensonger ?

I

La première réponse honnête que l'on
puisse faire est celle-ci : il arrive en effet
que l'art soit un luxe mensonger. Sur la
dunette des galères, on peut, toujours et
partout, nous le savons, chanter les
constellations pendant que les forçats
rament et s'exténuent dans la cale ; on
peut toujours enregistrer la conversation
mondaine qui se poursuit sur les gradins
du cirque pendant que la victime craque
sous la dent du lion. Et il est bien difficile
d'objecter quelque chose à cet art qui a
connu de grandes réussites dans le passé.
Sinon ceci que les choses ont un peu
changé, et qu'en particulier le nombre des
forçats et des martyrs a prodigieusement

31

augmenté sur la surface du globe. Devant tant de misère, cet art, s'il veut continuer d'être un luxe, doit accepter aujourd'hui d'être aussi un mensonge.

De quoi parlerait-il en effet ? S'il se conforme à ce que demande notre société, dans sa majorité, il sera divertissement sans portée. S'il la refuse aveuglément, si l'artiste décide de s'isoler dans son rêve, il n'exprimera rien d'autre qu'un refus. Nous aurons ainsi une production d'amuseurs ou de grammairiens de la forme, qui, dans les deux cas, aboutit à un art coupé de la réalité vivante. Depuis un siècle environ, nous vivons dans une société qui n'est même pas la société de l'argent (l'argent ou l'or peuvent susciter des passions charnelles), mais celle des symboles abstraits de l'argent. La société des marchands peut se définir comme une société où les choses disparaissent au profit des signes. Quand une classe dirigeante mesure ses fortunes non plus à l'arpent de terre ni au lingot d'or, mais au nombre de chiffres correspondant idéalement à un certain nombre d'opérations d'échange, elle se voue du même coup à mettre une certaine sorte de mystification au centre de son expérience et de son univers. Une société fondée sur des signes est, dans son essence, une société artificielle où la vérité charnelle de l'homme se trouve mystifiée. On ne s'étonnera pas alors que cette société ait choisi, pour en faire sa religion, une morale de principes formels, et qu'elle écrive les mots de liberté et d'égalité aussi bien sur ses prisons que sur ses temples financiers. Cependant, on ne prostitue pas impunément les mots. La valeur la plus calomniée aujourd'hui est certainement la valeur de liberté. De bons esprits (j'ai toujours pensé qu'il y avait deux sortes d'intelligence, l'intelligence intelligente et l'intelligence bête) mettent en doctrine qu'elle n'est rien qu'un obstacle sur le chemin du vrai progrès. Mais des sottises aussi solennelles ont pu être proférées parce que pendant cent ans la société marchande a fait de la liberté un usage exclusif et unilatéral, l'a considérée comme un droit plutôt que comme un devoir et n'a pas craint de placer aussi souvent qu'elle l'a pu une liberté de principe au service d'une oppression de fait. Dès lors, quoi de surprenant si cette société n'a pas demandé à l'art d'être un instrument de libération, mais un exercice sans grande conséquence, et un simple divertissement ? Tout un beau monde où l'on avait surtout des peines d'argent et seulement des ennuis de cœur s'est ainsi satisfait, pendant des dizaines d'années, de ses romanciers mondains et de l'art le plus futile qui soit, celui à propos duquel Oscar Wilde, songeant à lui-même avant qu'il ait connu la prison, disait que le vice suprême est d'être superficiel.

Les fabricants d'art (je n'ai pas encore dit les artistes) de l'Europe bourgeoise, avant et après 1900, ont ainsi accepté l'irresponsabilité parce que la responsabilité supposait une rupture épuisante avec leur société (ceux qui ont vraiment rompu s'appelaient Rimbaud, Nietzsche, Strindberg et l'on connaît le prix qu'ils ont payé). C'est de cette époque que date la théorie de l'art pour l'art qui n'est que la revendication de cette irresponsabilité. L'art pour l'art, le divertissement d'un artiste solitaire, est bien justement l'art artificiel d'une société factice et abstraite. Son aboutissement logique, c'est l'art des salons, ou l'art purement formel qui se nourrit de préciosités et d'abstractions et qui finit par la destruction de toute réalité. Quelques œuvres enchantent ainsi quelques hommes tandis que beaucoup de grossières inventions en corrompent beaucoup d'autres. Finalement, l'art se constitue en dehors de la société et se coupe de ses racines vivantes. Peu à peu, l'artiste, même très fêté, est seul, ou du moins n'est plus connu de sa nation que par l'intermédiaire de la grande presse ou de la radio qui en donneront une idée commode et simplifiée. Plus l'art se spécialise, en effet, et plus nécessaire devient la vulgarisation. Des millions d'hommes auront ainsi le sentiment de connaître tel ou tel grand artiste de notre temps parce qu'ils ont appris par les journaux qu'il élève des canaris ou qu'il ne se marie jamais que pour six mois. La plus grande célébrité, aujourd'hui, consiste à être admiré ou détesté sans avoir été lu. Tout artiste qui se mêle de vouloir être célèbre dans notre société doit savoir que ce n'est pas lui qui le sera, mais quelqu'un d'autre sous son nom, qui finira par lui échapper et, peut-être, un jour, par tuer en lui le véritable artiste.

Comment s'étonner dès lors que presque tout ce qui a été créé de valable dans l'Europe marchande du XIXe et du XXe siècle, en littérature par exemple, se soit édifié contre la société de son temps ! On peut dire que jusqu'aux approches de la Révolution française, la littérature en exercice est, en gros, une littérature de consentement. À partir du moment où la société bourgeoise, issue de la révolution, est stabilisée, se développe au contraire une littérature de révolte. Les valeurs officielles sont alors niées, chez nous par exemple, soit par les porteurs de valeurs révolutionnaires, des romantiques à Rimbaud, soit par les mainteneurs de valeurs aristocratiques, dont Vigny et Balzac sont de bons exemples. Dans les deux cas, peuple et aristocratie, qui sont les deux sources de toute civilisation, s'inscrivent contre la société factice de leur temps.

Mais ce refus, trop longtemps maintenu et raidi, est devenu factice lui aussi et conduit à une autre sorte de stérilité. Le thème du poète maudit né dans une société marchande (*Chatterton* en est la plus belle illustration), s'est durci dans un préjugé qui finit par vouloir qu'on ne puisse être un grand artiste que contre la société de son temps, quelle qu'elle soit. Légitime à son origine quand il affirmait qu'un artiste véritable ne pouvait composer avec le monde de l'argent, le principe est devenu faux lorsqu'on en a tiré qu'un artiste ne pouvait s'affirmer qu'en étant contre toute chose en général. C'est ainsi que beaucoup de nos artistes aspirent à être maudits, ont mauvaise conscience à ne pas l'être, et souhaitent en même temps l'applaudissement et le sifflet. Naturellement, la société, étant aujourd'hui fatiguée ou indifférente, n'applaudit et ne siffle que par hasard. L'intellectuel de notre temps n'en finit pas alors de se raidir pour se grandir. Mais à force de tout refuser et jusqu'à la tradition de son art, l'artiste contemporain se donne l'illusion de créer sa propre règle et finit par se croire Dieu. Du même coup, il croit pouvoir créer sa réalité lui-même. Il ne créera pourtant, loin de sa société, que des œuvres formelles ou abstraites, émouvantes en tant qu'expériences, mais privées de la fécondité propre à l'art véritable, dont la vocation est de rassembler. Pour finir, il y aura autant de différence entre les subtilités ou les abstractions contemporaines et l'œuvre d'un Tolstoï ou d'un Molière qu'entre la traite escomptée sur un blé invisible et la terre épaisse du sillon lui-même.

II

L'art peut ainsi être un luxe mensonger.
On ne s'étonnera donc pas que des hommes ou des artistes aient voulu faire machine arrière et revenir à la vérité. Dès cet instant, ils ont nié que l'artiste ait droit à la solitude et lui ont offert comme sujet, non pas ses rêves, mais la réalité vécue et soufferte par tous. Certains que l'art pour l'art, par ses sujets comme par son style, échappe à la compréhension des masses, ou bien n'exprime rien de leur vérité, ces hommes ont voulu que l'artiste se proposât au contraire de parler du et pour le plus grand nombre. Qu'il traduise les souffrances et le bonheur de tous dans le langage de tous, et il sera compris univer-

sellement. En récompense d'une fidélité absolue à la réalité, il obtiendra la communication totale entre les hommes.

Cet idéal de la communication universelle est en effet celui de tout grand artiste. Contrairement au préjugé courant, si quelqu'un n'a pas droit à la solitude, c'est justement l'artiste. L'art ne peut pas être un monologue. L'artiste solitaire et inconnu lui-même, quand il en appelle à la postérité, ne fait rien d'autre que réaffirmer sa vocation profonde. Jugeant le dialogue impossible avec des contemporains sourds ou distraits, il en appelle à un dialogue plus nombreux, avec les générations.

Mais pour parler de tous et à tous, il faut parler de ce que tous connaissent et de la réalité qui nous est commune. La mer, les pluies, le besoin, le désir, la lutte contre la mort, voilà ce qui nous réunit tous. Nous nous ressemblons dans ce que nous voyons ensemble, dans ce qu'ensemble nous souffrons. Les rêves changent avec les hommes, mais la réalité du monde est notre commune patrie.

L'ambition du réalisme est donc légitime, car elle est profondément liée à l'aventure artistique.

Soyons donc réalistes. Ou plutôt essayons de l'être, si seulement il est possible de l'être. Car il n'est pas sûr que le mot ait un sens, il n'est pas sûr que le réalisme, même s'il est souhaitable, soit possible. Demandons-nous d'abord si le réalisme pur est possible en art. À en croire les déclarations des naturalistes du dernier siècle, il est la reproduction exacte de la réalité. Il serait donc à l'art ce que la photographie est à la peinture : la première reproduit quand la deuxième choisit. Mais que reproduit-elle et qu'est-ce que la réalité ? Même la meilleure des photographies, après tout, n'est pas une reproduction assez fidèle, n'est pas encore assez réaliste. Qu'y a-t-il de plus réel, par exemple, dans notre univers, qu'une vie d'homme, et comment espérer la faire mieux revivre que dans un film réaliste ? Mais à quelles conditions un tel film sera-t-il possible ? À des conditions purement imaginaires. Il faudrait en effet supposer une caméra idéale fixée, nuit et jour, sur cet homme et enregistrant sans arrêt ses moindres mouvements. Le résultat serait un film dont la projection elle-même durerait une vie d'homme et qui ne pourrait être vu que par des spectateurs résignés à perdre leur vie pour s'intéresser exclusivement au détail de l'existence d'un autre. Même à ces conditions, ce film inimaginable ne serait pas réaliste. Pour cette raison simple que la réalité d'une vie d'homme ne se trouve pas seulement là où il se tient. Elle se trouve dans d'autres vies qui donnent une forme à la sienne, vies d'êtres aimés, d'abord, qu'il faudrait filmer à leur tour, mais vies aussi d'hommes inconnus, puissants et misérables, concitoyens, policiers, professeurs, compagnons invisibles des mines et des chantiers, diplomates et dictateurs, réformateurs religieux, artistes qui créent des mythes décisifs pour notre conduite, humbles représentants, enfin, du hasard souverain qui règne sur les existences les plus ordonnées. Il n'y a donc qu'un seul film réaliste possible, celui-là même qui sans cesse est projeté devant nous par un appareil invisible sur l'écran du monde. Le seul artiste réaliste serait Dieu, s'il existe. Les autres artistes sont, par force, infidèles au réel.

Dès lors, les artistes qui refusent la société bourgeoise et son art formel, qui veulent parler de la réalité et d'elle seule, se trouvent dans une douloureuse impasse. Ils doivent être réalistes et ne le peuvent pas. Ils veulent soumettre leur art à la réalité et on ne peut décrire la réalité sans y opérer un choix qui la soumet à l'originalité d'un art. La belle et tragique production des premières années de la révolution russe nous montre bien ce tourment. Ce que la Russie nous a donné à ce moment avec Blok et le grand Pasternak, Maïakovski et Essenine, Eisenstein et les premiers romanciers du ciment et de l'acier, c'est un splendide laboratoire de formes et de thèmes, une féconde inquiétude, une folie de recherches. Il a fallu conclure cependant et dire comment on pouvait être réaliste alors que le réalisme était impossible. La dictature, ici comme ailleurs, a tranché dans le vif : le réalisme, selon elle, était d'abord nécessaire, et il était ensuite possible, à la condition qu'il se veuille socialiste. Quel est le sens de ce décret ?

En fait, il reconnaît franchement qu'on ne peut reproduire la réalité sans y faire un choix et il refuse la théorie du réalisme telle qu'elle a été formulée au XIX\ :superscript:e siècle. Il ne lui reste qu'à trouver un principe de choix autour duquel le monde s'organisera. Et il le trouve, non pas dans la réalité que nous connaissons, mais dans la réalité qui sera, c'est-à-dire l'avenir. Pour bien reproduire ce qui est, il faut peindre aussi ce qui sera. Autrement dit, le véritable objet du réalisme socialiste, c'est justement ce qui n'a pas encore de réalité.

La contradiction est assez superbe. Mais, après tout, l'expression même de réalisme socialiste était contradictoire. Comment, en effet, un réalisme socialiste est-il possible alors que la réalité n'est pas tout entière socialiste ? Elle n'est socialiste, par exemple, ni dans le passé, ni tout à fait dans le présent. La réponse est simple : on choisira dans la réalité d'aujourd'hui ou d'hier ce qui prépare et sert la cité parfaite de l'avenir. On se vouera donc, d'une part, à nier et à condamner ce qui, dans la réalité, n'est pas socialiste, d'autre part, à exalter ce qui l'est ou le deviendra. Nous obtenons inévitablement l'art de propagande, avec ses bons et ses méchants, une bibliothèque rose, en somme, coupée, autant que l'art formel, de la réalité complexe et vivante. Finalement, cet art sera socialiste dans la mesure exacte où il ne sera pas réaliste.

Cette esthétique qui se voulait réaliste devient alors un nouvel idéalisme, aussi stérile, pour un artiste véritable, que l'idéalisme bourgeois. La réalité n'est placée ostensiblement à un rang souverain que pour être mieux liquidée. L'art se trouve réduit à rien. Il sert et, servant, il est asservi. Seuls, ceux qui se garderont justement de décrire la réalité seront appelés réalistes et loués. Les autres seront censurés aux applaudissements des premiers. La célébrité qui consistait à ne pas ou à être mal lu, en société bourgeoise, consistera à empêcher les autres d'être lus, en société totalitaire. Ici encore, l'art vrai sera défiguré, ou bâillonné, et la communication universelle rendue impossible par ceux-là mêmes qui la voulaient le plus passionnément.

Le plus simple, devant un tel échec, serait de reconnaître que le réalisme dit socialiste a peu de choses à voir avec le grand art et que les révolutionnaires, dans l'intérêt même de la révolution, devraient chercher une autre esthétique. On sait au contraire que ses défenseurs crient qu'il n'y a pas d'art possible en dehors de lui. Ils le crient, en effet. Mais ma conviction profonde est qu'ils ne le croient pas et qu'ils ont décidé, en eux-mêmes, que les valeurs artistiques devaient être soumises aux valeurs de l'action révolutionnaire. Si cela était dit clairement, la discussion serait plus facile. On peut respecter ce grand renoncement chez des hommes qui souffrent trop du contraste entre le malheur de tous et les privilèges attachés parfois à un destin d'artiste, qui refusent l'insupportable distance où se séparent ceux que la misère bâillonne et ceux dont la vocation est au contraire de s'exprimer toujours. On pourrait alors comprendre ces hommes, tenter de dialoguer avec eux, essayer par exemple de leur dire que la suppression de la liberté créatrice n'est peut-être pas le bon chemin pour triompher de la servitude et qu'en attendant de parler pour tous, il est stupide de s'enlever le pouvoir de parler pour quelques-uns au moins. Oui, le réalisme socialiste devrait avouer sa parenté, et qu'il est le frère jumeau du réalisme politique. Il sacrifie l'art pour une fin étrangère à l'art mais qui, dans l'échelle des valeurs, peut lui paraître supérieure. En somme, il supprime l'art provisoirement pour édifier d'abord la justice. Quand la justice sera, dans un avenir encore imprécisé, l'art ressuscitera. On applique ainsi dans les choses de l'art cette règle d'or de l'intelligence contemporaine qui veut qu'on ne fasse pas d'omelette sans casser des œufs. Mais cet écrasant bon sens ne doit pas nous abuser. Il ne suffit pas de casser des

milliers d'œufs pour faire une bonne omelette et ce n'est pas, il me semble, à la
quantité de coquilles brisées qu'on estime
la qualité du cuisinier. Les cuisiniers artistiques de notre temps doivent craindre au
contraire de renverser plus de corbeilles
d'œufs qu'ils ne l'auraient voulu et que,
dès lors, l'omelette de la civilisation ne
prenne plus jamais, que l'art enfin ne res-
suscite pas. La barbarie n'est jamais provi-
soire. On ne lui fait pas sa part et il est
normal que de l'art elle s'étende aux
mœurs. On voit alors naître, du malheur
et du sang des hommes, les littératures
insignifiantes, les bonnes presses, les
portraits photographiés et les pièces de
patronage où la haine remplace la religion.
L'art culmine ici dans un optimisme de
commande, le pire des luxes justement, et
le plus dérisoire des mensonges.

Comment s'en étonner ? La peine des
hommes est un sujet si grand qu'il semble que personne ne saurait y toucher à
moins d'être comme Keats, si sensible,
dit-on, qu'il aurait pu toucher de ses
mains la douleur elle-même. On le voit

bien lorsqu'une littérature dirigée se mêle d'apporter à cette peine des consolations officielles. Le mensonge de l'art pour l'art faisait mine d'ignorer le mal et en prenait ainsi la responsabilité. Mais le mensonge réaliste, s'il prend sur lui avec courage de reconnaître le malheur présent des hommes, le trahit aussi gravement, en l'utilisant pour exalter un bonheur à venir, dont personne ne sait rien et qui autorise donc toutes les mystifications.

Les deux esthétiques qui se sont longtemps affrontées, celle qui recommande un refus total de l'actualité et celle qui prétend tout rejeter de ce qui n'est pas l'actualité, finissent pourtant par se rejoindre, loin de la réalité, dans un même mensonge et dans la suppression de l'art. L'académisme de droite ignore une misère que l'académisme de gauche utilise. Mais, dans les deux cas, la misère est renforcée en même temps que l'art est nié.

III

Faut-il conclure que ce mensonge est l'essence même de l'art ? Je dirai au contraire que les attitudes dont j'ai parlé jusqu'ici ne sont des mensonges que dans la mesure où elles n'ont pas grand-chose à voir avec l'art. Qu'est-ce donc que l'art ? Rien de simple, cela est sûr. Et il est encore plus difficile de l'apprendre au milieu des cris de tant de gens acharnés à tout simplifier. On veut, d'une part, que le génie soit splendide et solitaire ; on le somme, d'autre part, de ressembler à tous. Hélas ! la réalité est plus complexe. Et Balzac l'a fait sentir en une phrase : « Le génie ressemble à tout le monde et nul ne lui ressemble. » Ainsi de l'art, qui n'est rien sans la réalité, et sans qui la réalité est peu de chose. Comment l'art se passerait-il en effet du réel et comment s'y soumettrait-il ? L'artiste choisit son objet autant qu'il est choisi par lui. L'art, dans un certain sens, est une révolte contre le monde dans ce qu'il a de fuyant et d'inachevé : il ne se propose donc rien d'autre que de donner une autre forme à une réalité qu'il est contraint pourtant de conserver parce qu'elle est la source de son émotion. À cet égard, nous sommes tous réalistes et personne ne l'est. L'art n'est ni le refus total, ni le consentement total à ce qui est. Il est en même temps refus et consentement, et c'est pourquoi il ne peut être qu'un déchirement perpétuellement renouvelé. L'artiste se trouve toujours dans cette ambiguïté, incapable de nier le réel et cependant éternellement voué à le contester dans ce qu'il a d'éternellement inachevé. Pour faire une nature morte, il faut que s'affrontent et se corrigent réciproquement un peintre et une pomme. Et si les formes ne sont rien sans la lumière du monde, elles ajoutent à leur tour à cette lumière. L'univers réel qui, par sa splendeur, suscite les corps et les statues, reçoit d'eux en même temps une seconde lumière qui fixe celle du ciel. Le grand style se trouve ainsi à mi-chemin de l'artiste et de son objet.

Il ne s'agit donc pas de savoir si l'art doit fuir le réel ou s'y soumettre, mais seulement de quelle dose exacte de réel l'œuvre doit se lester pour ne pas disparaître dans les nuées, ou se traîner, au contraire, avec des semelles de plomb. Ce problème, chaque artiste le résout comme il le sent et le peut. Plus forte est la révolte d'un artiste contre la réalité du monde, plus grand peut être le poids du réel qui l'équilibrera. Mais ce poids ne peut jamais étouffer l'exigence solitaire de l'artiste.

L'œuvre la plus haute sera toujours, comme dans les tragiques grecs, dans Melville, Tolstoï ou Molière, celle qui équilibrera le réel et le refus que l'homme oppose à ce réel, chacun, faisant rebondir l'autre dans un incessant jaillissement qui est celui-là même de la vie joyeuse et déchirée. Alors surgit, de loin en loin, un monde neuf, différent de celui de tous les jours et pourtant le même, particulier mais universel, plein d'insécurité innocente, suscité pour quelques heures par la force et l'insatisfaction du génie. C'est cela et pourtant ce n'est pas cela, le monde n'est rien et le monde est tout, voilà le double et inlassable cri de chaque artiste vrai, le cri qui le tient debout, les yeux toujours ouverts, et qui, de loin en loin, réveille pour tous au sein du monde endormi l'image fugitive et insistante d'une réalité que nous reconnaissons sans l'avoir jamais rencontrée.

De même, devant son siècle, l'artiste ne peut ni s'en détourner, ni s'y perdre. S'il s'en détourne, il parle dans le vide. Mais, inversement, dans la mesure où il le prend comme objet, il affirme sa propre existence en tant que sujet et ne peut s'y soumettre tout entier. Autrement dit, c'est au moment même où l'artiste choisit de partager le sort de tous qu'il affirme l'individu qu'il est. Et il ne pourra sortir de cette ambiguïté. L'artiste prend de l'histoire ce qu'il peut en voir lui-même ou y souffrir lui-même, directement ou indirectement, c'est-à-dire l'actualité au sens strict du mot, et les hommes qui vivent aujourd'hui, non le rapport de cette actualité à un avenir imprévisible pour l'artiste vivant. Juger l'homme contemporain au nom d'un homme qui n'existe pas encore, c'est le rôle de la prophétie. L'artiste, lui, ne peut qu'apprécier les mythes qu'on lui propose en fonction de leur répercussion sur l'homme vivant. Le prophète, religieux ou politique, peut juger absolument et d'ailleurs, on le sait, ne s'en prive pas. Mais l'artiste ne le peut pas. S'il jugeait absolument, il partagerait sans nuances la réalité entre le bien et le mal, il ferait du mélodrame. Le but de l'art, au contraire, n'est pas de légiférer ou de régner, il est d'abord de comprendre. Il règne parfois, à force de comprendre. Mais aucune œuvre de génie n'a jamais été fondée sur la haine et le mépris. C'est pourquoi l'artiste, au terme de son cheminement, absout au lieu de condamner. Il n'est pas juge, mais justificateur. Il est l'avocat perpétuel de la créature vivante, parce qu'elle est vivante. Il plaide vraiment pour l'amour du prochain, non pour cet amour du lointain qui dégrade l'humanisme contemporain en catéchisme de tribunal. Au contraire, la grande œuvre finit par confondre tous les juges. Par elle, l'artiste, en même temps, rend hommage à la plus haute figure de l'homme et s'incline devant le dernier des criminels. « Il n'y a pas, écrit Wilde en prison, un seul des malheureux enfermés avec moi dans ce misérable endroit qui ne se trouve en rapport symbolique avec le secret de la vie. » Oui, et ce secret de la vie coïncide avec celui de l'art.

Pendant cent cinquante ans, les écrivains de la société marchande, à de rares exceptions près, ont cru pouvoir vivre dans une heureuse irresponsabilité. Ils ont vécu, en effet, et puis sont morts seuls, comme ils avaient vécu. Nous autres, écrivains du XXe siècle, ne serons plus jamais seuls. Nous devons savoir au contraire que nous ne pouvons nous évader de la misère commune, et que notre seule justification, s'il en est une, est de parler, dans la mesure de nos moyens, pour ceux qui ne peuvent le faire. Mais nous devons le faire pour tous ceux, en effet, qui souffrent en ce moment, quelles que soient les grandeurs, passées ou futures, des États et des partis qui les oppriment : il n'y a pas pour l'artiste de bourreaux privilégiés. C'est pourquoi la beauté, même aujourd'hui, surtout aujourd'hui, ne peut servir aucun parti ; elle ne sert, à longue ou brève échéance, que la douleur ou la liberté des hommes. Le seul artiste engagé est celui qui, sans rien refuser du combat, refuse du moins de rejoindre les armées régulières, je veux dire le franc-tireur. La leçon qu'il trouve alors dans la beauté, si elle est honnêtement tirée, n'est pas une leçon d'égoïsme, mais de dure fraternité. Ainsi conçue, la beauté n'a jamais asservi aucun homme. Et depuis des millénaires, tous les jours, à toutes les secondes, elle a soulagé au contraire la servitude de millions d'hommes et, parfois, libéré pour toujours quelques-uns. Pour finir, peut-être touchons-nous ici la grandeur de l'art, dans cette perpétuelle tension entre la beauté et la douleur, l'amour des hommes et la folie de la création, la solitude insupportable et la foule harassante, le refus et le consentement. Il chemine entre deux abîmes, qui sont la frivolité et la propagande. Sur cette ligne de crête où avance le grand artiste, chaque pas est une aventure, un risque extrême. Dans ce risque pourtant, et dans lui seul, se trouve la liberté de l'art. Liberté difficile et qui ressemble plutôt à une discipline ascétique ? Quel artiste le nierait ? Quel artiste oserait se dire à la hauteur de cette tâche incessante ? Cette liberté suppose une santé du cœur et du corps, un style qui soit comme la force de l'âme et un affrontement patient. Elle est, comme toute liberté, un risque perpétuel, une aventure exténuante et voilà pourquoi on fuit aujourd'hui ce risque comme on fuit l'exigeante liberté pour se ruer à toutes sortes de servitudes, et obtenir au moins le confort de l'âme. Mais si l'art n'est pas une aventure qu'est-il donc et où est sa justification ? Non, l'artiste libre, pas plus que l'homme libre, n'est l'homme du confort. L'artiste libre est celui qui, à grand-peine, crée son ordre lui-même. Plus est déchaîné ce qu'il doit ordonner, plus sa règle sera stricte et plus il aura affirmé sa liberté. Il y a un mot de Gide que j'ai toujours approuvé bien qu'il puisse prêter à malentendu. « L'art vit de contrainte et meurt de liberté. » Cela est vrai. Mais il ne faut pas en tirer que l'art puisse être dirigé. L'art ne vit que des contraintes qu'il s'impose à lui-même : il meurt des autres. En revanche, s'il ne se contraint pas lui-même, le voilà qui délire et s'asservit à des ombres. L'art le plus libre, et le plus révolté, sera ainsi le plus classique ; il couronnera le plus grand effort. Tant qu'une société et ses artistes ne consentent pas à ce long et libre effort, tant qu'ils se laissent aller au confort des divertissements ou à celui du conformisme, aux jeux de l'art pour l'art ou aux prêches de l'art réaliste, ses artistes restent dans le nihilisme et la stérilité. Dire cela, c'est dire que la renaissance aujourd'hui dépend de notre courage et de notre volonté de clairvoyance.

Oui, cette renaissance est entre nos mains à tous. Il dépend de nous que l'Occident suscite ces Contre-Alexandre qui devaient renouer le nœud gordien de la civilisation, tranché par la force de l'épée. Pour cela, il nous faut prendre tous les risques et les travaux de la liberté. Il ne s'agit pas de savoir si, poursuivant la justice, nous arriverons à préserver la liberté. Il s'agit de savoir que, sans la liberté, nous ne réaliserons rien et que nous perdrons, à la fois, la justice future et la beauté ancienne. La liberté seule retire les hommes de l'isolement, la servitude, elle, ne plane que sur une foule de solitudes. Et l'art, en raison de cette libre essence que j'ai essayé de définir, réunit, là où la tyrannie sépare. Quoi d'étonnant dès lors à ce qu'il soit l'ennemi désigné par toutes les oppressions ? Quoi d'étonnant à ce que les artistes et les intellectuels aient été les premières victimes des tyrannies modernes, qu'elles soient de droite ou de gauche ? Les tyrans savent qu'il y a dans l'œuvre d'art une force d'émancipation qui n'est mystérieuse que pour ceux qui n'en ont pas le culte. Chaque grande œuvre rend plus admirable et plus riche la face humaine, voilà tout son secret. Et ce n'est pas assez de milliers de camps et de barreaux de cellule pour obscurcir ce bouleversant témoignage de dignité. C'est pourquoi il n'est pas vrai que l'on puisse, même provisoirement, suspendre la culture pour en préparer une nouvelle. On ne suspend pas l'incessant témoignage de l'homme sur sa misère et sa grandeur, on ne suspend pas une respiration. Il n'y a pas de culture sans héritage et nous ne pouvons ni ne devons rien refuser du nôtre, celui de l'Occident. Quelles que soient les œuvres de l'avenir, elles seront toutes chargées du même secret, fait de courage et de liberté, nourri par l'audace de milliers d'artistes de tous les siècles et de toutes les nations. Oui, quand la tyrannie moderne nous montre que, même cantonné dans son métier, l'artiste est l'ennemi public, elle a raison. Mais elle rend ainsi hommage, à travers lui, à une figure de l'homme que rien jusqu'ici n'a pu écraser.

Ma conclusion sera simple. Elle consistera à dire, au milieu même du bruit et de la fureur de notre histoire : « Réjouissons-nous. » Réjouissons-nous, en effet, d'avoir vu mourir une Europe menteuse et confortable et de nous trouver confrontés à de cruelles vérités. Réjouissons-nous en tant qu'hommes puisqu'une longue mystification s'est écroulée et que nous voyons clair dans ce qui nous menace. Et réjouissons-nous en tant qu'artistes, arrachés au sommeil et à la surdité, maintenus de force devant la misère, les prisons, le sang. Si, devant ce spectacle, nous savons garder la mémoire des jours et des visages, si, inversement, devant la beauté du monde, nous savons ne pas oublier les humiliés, alors l'art occidental peu à peu retrouvera sa force et sa royauté. Certes, il est, dans l'histoire, peu d'exemples d'artistes confrontés avec de si durs problèmes. Mais, justement, lorsque les mots et les phrases, même les plus simples, se paient en poids de liberté et de sang, l'artiste apprend à les manier avec mesure. Le danger rend classique et toute grandeur, pour finir, a sa racine dans le risque.

Le temps des artistes irresponsables est passé. Nous le regretterons pour nos petits bonheurs. Mais nous saurons reconnaître que cette épreuve sert en même temps nos chances d'authenticité, et nous accepterons le défi. La liberté de l'art ne vaut pas cher quand elle n'a d'autre sens que d'assurer le confort de l'artiste. Pour qu'une valeur, ou une vertu, prenne racine dans une société, il convient de ne pas mentir à son propos, c'est-à-dire de payer pour elle, chaque fois qu'on le peut. Si la liberté est devenue dangereuse, alors elle est en passe de ne plus être prostituée. Et je ne puis approuver, par exemple, ceux qui se plaignent aujourd'hui du déclin de la sagesse. Apparemment, ils ont raison. Mais, en vérité, la sagesse n'a jamais autant décliné qu'au temps où elle était le plaisir sans risques de quelques humanistes de bibliothèque. Aujourd'hui, où elle est affrontée enfin à de réels dangers, il y a des chances au contraire pour qu'elle puisse à nouveau se tenir debout, à nouveau être respectée.

On dit que Nietzsche après la rupture avec Lou Salomé, entré dans une solitude définitive, écrasé et exalté en même temps par la perspective de cette œuvre immense qu'il devait mener sans aucun secours, se promenait la nuit, sur les montagnes qui dominent le golfe de Gênes, et y allumait de grands incendies de feuilles et de branches qu'il regardait se consumer. J'ai souvent rêvé de ces feux et il m'est arrivé de placer en pensée devant eux, pour les mettre à l'épreuve, certains hommes et certaines œuvres. Eh bien, notre époque est un de ces feux dont la brûlure insoutenable réduira sans doute beaucoup d'œuvres en cendres ! Mais pour celles qui resteront, leur métal sera intact et nous pourrons à leur propos nous livrer sans retenue à cette joie suprême de l'intelligence dont le nom est « admiration ».

On peut souhaiter sans doute, et je le souhaite aussi, une flamme plus douce, un répit, la halte propice à la rêverie. Mais peut-être n'y a-t-il pas d'autre paix pour l'artiste que celle qui se trouve au plus brûlant du combat. « Tout mur est une porte », a dit justement Emerson. Ne cherchons pas la porte, et l'issue, ailleurs que dans le mur contre lequel nous vivons. Cherchons au contraire le répit où il se trouve, je veux dire au milieu même de la bataille. Car selon moi, et c'est ici que je terminerai, il s'y trouve. Les grandes idées, on l'a dit, viennent dans le monde sur des pattes de colombe. Peut-être alors, si nous prêtions l'oreille, entendrions-nous, au milieu du vacarme des empires et des nations, comme un faible bruit d'ailes, le doux remue-mènage de la vie et de l'espoir. Les uns diront que cet espoir est porté par un peuple, d'autres par un homme. Je crois qu'il est au contraire suscité, ranimé, entretenu, par des millions de solitaires dont les actions et les œuvres, chaque jour, nient les frontières et les plus grossières apparences de l'histoire, pour faire resplendir fugitivement la vérité toujours menacée que chacun, sur ses souffrances et sur ses joies, élève pour tous.

POSTFACE
DE C. G. BJURSTRÖM

SOUVENIRS

1957, décembre, une fin de journée, gare du Nord à Paris. Sur le quai, un petit groupe : Albert Camus et sa femme Francine, Claude et Simone Gallimard, Janine et Michel Gallimard, l'ami personnel de Camus. Il y a là aussi son éditeur américain, Mrs Blanche Knopf, accompagnée de son intendante qui s'occupe de son pied-à-terre parisien.

Ses médecins lui ayant déconseillé de faire le voyage en avion, Camus a décidé de prendre ce bon vieux Nord-Express et tout le monde vient avec lui. Si je suis là, c'est parce que les éditions Albert Bonnier à Stockholm, dont je suis le correspondant à Paris, m'ont demandé de venir. Non pas pour m'occuper de Camus ; il sera, comme le veut la coutume, pris en charge par le ministère des Affaires étrangères suédois qui a désigné un jeune secrétaire d'ambassade pour veiller sur le lauréat du prix Nobel. Ma mission consistera à assurer une bonne liaison entre les familles Gallimard et Bonnier. En fait, cela revient un peu au même.

Encouragé par la parution de La chute*, je rédige depuis un an déjà un essai sur l'œuvre de Camus. Il s'agit pour moi d'un écrivain longtemps admiré, dont j'avais déjà traduit un texte en 1946 (le premier chapitre du* Mythe de Sisyphe*), pour une revue littéraire suédoise. Traduction suivie de celle des* Archives de la peste*, publiées en France dans les « Cahiers de la Pléiade » et tout récemment de la nouvelle* La femme adultère *qui venait de paraître dans la revue littéraire de Bonnier, B.L.M. Mais c'est en vain que j'avais essayé de rencontrer Camus, efficacement défendu par sa secrétaire Suzanne Agnely. En ce mois de décembre, l'essai, qui s'était un peu approfondi pour devenir un livre d'une centaine de pages, venait de paraître avec en sous-titre*

« *De l'Étranger à l'exil* », *parution opportune mais qui n'avait rien d'opportuniste. Par ailleurs, j'avais pu rencontrer Camus le temps d'une brève interview pour la radio suédoise.*

Le lendemain, arrivés au Danemark, nous faisons une promenade revigorante sur le pont du ferry en traversant les détroits. À Copenhague, les éditions Gyldendal nous reçoivent. Le premier éditeur danois de Camus ayant cessé de publier des ouvrages littéraires pour se consacrer entièrement à la publication de livres scolaires, Gyldendal a pu publier au bon moment La chute *et reprendre par la suite les titres antérieurs en livre de poche. Enfin nous repartons vers Stockholm. Camus me surprend en venant me voir dans mon compartiment pour me parler de la littérature suédoise — je comprends assez vite qu'il veut connaître quelques noms, quelques titres, afin de pouvoir courtoisement répondre à d'éventuelles questions. À Stockholm, le lundi 9 décembre, c'est la ruée des journalistes. L'ambassade de France a prévu une conférence de presse. Les journalistes se préoccupent peu de littérature et posent surtout des questions politiques ; en Suède, comme en*

France, on reproche à Camus son silence au sujet du conflit algérien. Constatant que les questions demeurent invariablement politiques, je me permets de prendre la parole et demande à Camus comment il conçoit l'adaptation au théâtre des Possédés, *à laquelle il travaille. Avec un rapide sourire de reconnaissance, il saisit la perche qui lui est tendue et décrit avec enthousiasme ce qu'il y a de théâtral dans tel ou tel épisode du roman. Décontenancés, les journalistes me demandent après la fin de la conférence de presse le titre de l'ouvrage, mais j'ignore, hélas, le titre généralement utilisé en suédois et ne puis que leur traduire le titre français.*

C'est le 10 décembre, jour anniversaire de la mort d'Alfred Nobel, que les lauréats reçoivent leur diplôme des mains du roi de Suède. Cette cérémonie très solennelle, qui se déroule au Palais des Concerts, est suivie d'un banquet au cours duquel Camus doit prononcer un discours. Craignant que le texte en soit prématurément divulgué et donc critiqué, Camus en a soigneusement caché le manuscrit. Lorsque le texte lui est demandé pour être communiqué à la presse, il y a un

*moment d'affolement où il croit l'avoir égaré.
Ce* Discours, *retrouvé à la dernière minute,
doit être traduit en suédois, tâche qui m'est
bien tardivement confiée. Tandis que le
conseiller de presse français fait les cent pas
dans la pièce, j'y travaille de mon mieux, tout
en pensant à ce qu'était réellement mon pro-
gramme, à savoir chercher les membres de la
famille Gallimard au Grand Hôtel et veiller
à leur arrivée au Palais des Concerts à
15 heures. Quand enfin je peux me précipiter
à l'hôtel, les Gallimard sont, Dieu merci, déjà
partis en taxi et je les rejoins en courant. Il
faut avouer que la traduction a quelque peu
souffert de cette hâte.*

*Il faudrait peut-être ici dire quelques mots
de l'apparition physique de Camus en ces circonstances solennelles. La tenue de soirée (et
le port des décorations, dans la mesure où on
en a) étant de rigueur, Camus a, comme
beaucoup d'autres, loué un habit. Mais ou
bien on a fait un effort particulier au « Cor de
Chasse », rue de Buci, ou bien Camus possède
un don personnel qui lui permet d'endosser ce
vêtement conventionnel qui ne doit pas lui être
familier : il se meut en tout cas avec une*

aisance remarquable. Il est difficile de souscrire à la hargne avec laquelle Monsieur Gabriel Bonneau, ambassadeur de France, cité par Olivier Todd, décrit cette cérémonie : « Rien n'est plus conventionnel, plus froid, moins spontané, que le rituel, maintenant plus que demi-séculaire, de la remise des prix Nobel[1]*. » Comme si l'on pouvait, avec spontanéité mais avec dignité, remettre en public un chèque important à quelqu'un... Camus, en tout cas, s'y est plié de bonne grâce et avec une courtoisie dont il ne cessera de faire preuve.*

Toujours selon Olivier Todd, Simone Gallimard a perçu chez Albert Camus « une lueur d'inquiétude enfantine, celle d'un prix d'excellence pas tout à fait sûr de mériter ces honneurs, mais qui s'amuse et déguste ces pompes[2]* ». C'est peut-être cet amusement qui lui a donné ce charme, mais il faut bien dire qu'il ne m'a jamais donné l'impression d'avoir peur. Il est pourtant parfaitement conscient de l'hostilité que certains peuvent lui*

1. Olivier Todd, *Albert Camus, une vie*, Gallimard 1996, p. 696.
2. *Ibid.*, p. 697.

manifester. Comme la plupart du temps tout un courant de l'opinion suédoise est par principe contre l'Académie suédoise, jugée vieillotte, avec des choix incongrus, pendant que dans le pays d'origine du lauréat on clame volontiers que l'Académie s'est trompée, ce n'était pas Untel qui devait être couronné, mais tel autre bien entendu écrivain du même pays. De plus, il y a la guerre d'Algérie qui pèse sur tout cela : du côté suédois comme du côté français, on reproche à Camus une attitude trop timorée en face de ce drame. Enfin, le secrétaire perpétuel de l'Académie suédoise range Camus parmi les « existentialistes », ce qui n'arrange pas les choses puisque l'écrivain a toujours affirmé qu'il n'était pas un existentialiste.

Lorsque je l'avais interviewé pour le compte de la radio suédoise, je lui avais maladroitement demandé pourquoi il s'adressait particulièrement aux jeunes. Il avait alors nié viser plus spécialement la jeunesse. Il n'en accepta pas moins deux invitations qui prévoyaient une confrontation avec un public de jeunes : un débat à la Maison des étudiants à

Stockholm et un discours à l'Université d'Upsal.

Pour la rencontre avec les étudiants à Stockholm, le jeudi 12 décembre, Camus n'a préparé aucun texte, préférant s'en remettre au jeu des questions et des réponses. Soudain se dresse un étudiant algérien qui le prend violemment à parti et qui plusieurs fois remonte à l'assaut. Après chaque intervention, il retourne se concerter dans la salle avec un groupe d'amis suédois. Cela donne l'impression pénible d'un chien dressé à l'assaut, qu'on lance à la gorge de l'adversaire. Et c'est dans ce contexte que Camus prononce une phrase devenue célèbre et qui, sous une forme tronquée, a immédiatement provoqué les ricanements et les huées des intellectuels français et lui a certainement fait beaucoup de tort : « entre la justice et ma mère, je choisis ma mère ». Or ce n'est pas tout à fait ce qu'il a dit, et en tout cas, pas tout ce qu'il a dit. À l'étudiant algérien qui réclamait justice, il a finalement répondu : « En ce moment on lance des bombes dans les tramways d'Alger. Ma mère peut se trouver dans un de ces tramways. Si c'est cela, la justice, je préfère ma mère. » Le débat s'en est tenu là et la suite n'a été faite que de questions anodines et de réponses élégantes.

Rentrés à l'hôtel, tous les amis de Camus se déclarent scandalisés par les attaques qu'il a subies. Retiré dans un coin de la pièce, Camus intervient finalement : « Ce dont j'ai le plus souffert est de rencontrer ainsi un visage de haine chez un frère. » La phrase était certes un peu théâtrale, mais il est difficile de douter de sa sincérité.

Le lendemain 13 décembre, Camus est surpris — ou se dit surpris, car on a dû le mettre au courant de cette coutume — par l'irruption tôt le matin dans sa chambre de plusieurs jeunes filles, dont une couronnée de bougies lui offre le café. C'est là une tradition qui veut que le jour de la Sainte-Lucie soit fêté comme la fin des ténèbres de l'hiver et le début d'un lent retour vers la lumière. « À la Sainte-Luce, les jours croissent d'un saut de puce » dit un proverbe français. À l'origine c'était la jeune fille de la maison qui réveillait ainsi les dormeurs. Cette coutume a été ensuite reprise dans les villes, où Sainte-Lucie est devenue une sorte de Miss Lumière que *l'on promène dans les rues. Et les Suédois, un peu goguenards et pour une fois spontanés, quoi qu'en veuille dire l'ambassadeur Gabriel Bonneau, de s'amuser de la « surprise » ainsi faite à leurs invités. Camus accepte sans rechigner l'honneur et la « surprise » qui lui sont ainsi réservés.*

Le lendemain, le 14 décembre, il prononce à l'Université d'Upsal — cette fois sans incidents — une conférence dont on trouve le texte dans ce volume.

Enfin les Bonnier organisent bien entendu une grande réception, où « tout le monde intellectuel suédois » afflue en l'honneur de Camus et des membres de la famille Gallimard qui l'ont accompagné.

COMMENTAIRES

On aura peut-être été un peu surpris de voir dans ces discours l'accent porté par Camus sur la défense de l'art et la liberté de l'artiste — en même temps que sur la solidarité qui s'impose à lui. Cela faisait certes partie de ce que lui dictaient les circonstances et le milieu où il devait les prononcer, mais il est certain que Camus se sentait accablé par une situation où, selon ses propres paroles, « le silence même prend un sens redoutable. À partir du moment où l'abstention elle-même est considérée comme un choix, puni ou loué comme tel, l'artiste qu'il le veuille ou non, est embarqué. Embarqué me paraît ici plus juste qu'engagé. » Et malgré une certaine éloquence — qu'on lui reprochait également — il se sentait profondément concerné et douloureusement atteint par un conflit qui le touchait jusque dans sa chair et dans ses affections les plus enracinées.

Les journalistes suédois n'ont sans doute pas perçu la gravité des propos de Camus au sujet de la justice et de sa mère — en tout cas, ils ne s'en sont pas scandalisés outre mesure. Ils ne prévoyaient certainement pas l'exploitation qu'on allait en faire en France, dans leur forme plus ou moins volontairement tronquée. Et il est vrai qu'il est difficile de prétendre, quarante ans plus tard, se souvenir avec certitude et précision minutieuse des paroles exactes qui ont été prononcées. La version que je me permets d'avancer ici semble cependant

confirmée par le chapitre du Premier homme
*où l'on voit Jacques Cormery rendant visite à
sa mère à Alger et témoin d'un attentat ter-
roriste.*

On sait que Camus travaillait longuement
*à ses ouvrages, même si entre-temps il lui arri-
vait de s'exprimer dans des articles de journaux. Dans son œuvre on peut distinguer
quelques phases ou une sorte de respiration :
son œuvre débute par des textes assez brefs,
essentiellement poétiques, une pièce de théâtre,
un roman, avec une explication théorique
tirée de ce qu'il vient d'écrire. Après* L'envers
et l'endroit *et* Noces *viennent ainsi* Caligula *et* L'étranger *suivis par* Le mythe de
Sisyphe. *Puis le ciel s'obscurcit et c'est* Le
malentendu *et* La peste *parallèlement aux*
Lettres à un ami allemand *et à* État de
siège *(qui n'est pas une simple adaptation
théâtrale de* La peste*) ainsi que* Les justes,
pour finir par son essai L'homme révolté.
*Un nouveau départ est annoncé dans les
textes courts de* L'été *qui nous mène jusqu'à*
La chute *et les nouvelles de* L'exil et le
royaume, *le tout suivi ou accompagné des*

*trois recueils d'articles ou d'essais réunis sous
le titre* Actuelles.

    *C'est ainsi que, de retour à Paris, Camus
publie sous le titre d'*Actuelles III *ses « chro-
niques algériennes » où il peut à juste titre
montrer à ses détracteurs qu'il a pris bien
avant eux la défense du peuple arabe d'Algérie. Il faut se reporter à l'avant-propos de ce
recueil où il déclare entre autres : « [...] dans
l'impossibilité de me joindre à aucun des
camps extrêmes, devant la disparition de ce
troisième camp où l'on pouvait encore garder
la tête froide, doutant aussi de mes certitudes
et de mes connaissances, persuadé enfin que
la véritable cause de nos folies réside dans les
mœurs et le fonctionnement de notre société
intellectuelle et politique, j'ai décidé de ne plus
participer aux incessantes polémiques*[1] » *et
« [...] personnellement, je ne m'intéresse plus
qu'aux actions qui peuvent, ici et maintenant, épargner du sang inutile*[2] ». *Dès
Stockholm, il parlait aussi, dans le privé,
des démarches qu'il effectuait en faveur des*

---

1. Gallimard, 1958, p. 12.
2. *Ibid.,* p. 13.

personnes qui avaient été frappées, mais qu'il ne pouvait pas toujours porter à la connaissance du public, sans risquer de les voir échouer. Ce que Camus dit dans ces Discours de Suède *se trouve parfaitement dans la ligne de ce qu'il avait écrit précédemment, aussi bien dans ses* Lettres à un ami allemand *que dans la série d'articles « Ni victimes ni bourreaux » et en particulier celui intitulé « Sauver les corps » (in* Actuelles I) *ou encore dans* Les justes. *Malgré les phases successives, dont nous avons parlé, il existe entre ses différents ouvrages, même relativement distants dans le temps, des liens et ce n'est pas un hasard si dans les notes du* Premier homme *on voit réapparaître le nom de Kaliayev. Nous savons aussi, grâce à Roger Quilliot qui s'y réfère, que Camus avait déjà, dans une interview accordée à* La Gazette de Lausanne *et publiée le 28 mars 1954, mentionné le projet du* Premier homme, *qu'il ne parvint jamais à achever. Mais il l'avait déjà en tête en écrivant ses* Discours de Suède. *Dans* Actuelles III, *il parle, aussi bien dans l'avant-propos que dans le dernier chapitre d'une « Algérie de peuplements fédérés »,* solution prônée par « M. Marc Lauriol, professeur de droit à Alger » et que dans le privé il affirmait encore soutenir. Mais il parle aussi du scepticisme d'un observateur « objectif » — mot que nous retrouvons aussi dans les notes du Premier homme et violemment rejeté. Gageons qu'il pressentait que cette solution n'était qu'une utopie où, espérait-il, il n'y aurait « ni victimes ni bourreaux ». Sans illusions, certainement, il a voulu la protéger en tendant dans ses Discours de Suède le bouclier bien fragile de l'art et du devoir de l'artiste de respecter toujours la liberté et la vérité pour rester finalement à la fois « solitaire » et « solidaire ».

C. G. Bjurström

DU MÊME AUTEUR

Adaptations théâtrales

LA DÉVOTION À LA CROIX de Pedro Calderón de la Barca.

LES ESPRITS de Pierre de Larivey.

REQUIEM POUR UNE NONNE de William Faulkner.

LE CHEVALIER D'OLMEDO de Lope de Vega.

LES POSSÉDÉS de Dostoïevski (Folio Théâtre n° 123).

Cahiers Albert Camus

I. LA MORT HEUREUSE, *roman* (Folio n° 4998).

II. Paul Viallaneix : *Le premier Camus*, suivi d'*Écrits de jeunesse d'Albert Camus*.

III. *Fragments d'un combat* (1938-1940) — Articles d'*Alger Républicain*.

IV. CALIGULA (version de 1941), *théâtre*.

V. *Albert Camus : œuvre fermée, œuvre ouverte ?* Actes du colloque de Cerisy (juin 1982).

VI. Albert Camus éditorialiste à *L'Express* (mai 1955-février 1956).

VII. LE PREMIER HOMME (Folio n° 3320).

VIII. Camus à *Combat*, éditoriaux et articles (1944-1947).

Bibliothèque de la Pléiade

ŒUVRES COMPLÈTES (4 VOLUMES).

Dans la collection Écoutez lire

L'ÉTRANGER (3 CD).

En collaboration avec Arthur Koestler

RÉFLEXIONS SUR LA PEINE CAPITALE, *essai* (Folio n° 3609).

À l'Avant-Scène

UN CAS INTÉRESSANT, adaptation de Dino Buzzati, *théâtre*.

Impression Novoprint
à Barcelone, le 18 avril 2012
Dépôt legal: avril 2012
1er dépôt legal dans le collection: février 1997

ISBN 978-2-07-040121-5./Imprimé en Espagne